9

ISBN 3-614-51401-3

Printed in Great Britain

Geschichten aus dem Holzhaus

Onkels und Ottos neuer Freund

englischer Originaltext von Lucy Kincaid
ins Deutsche übertragen von Gisela Fischer
illustriert von Eric Kincaid

Pestalozzi-Verlag, D 8520 Erlangen

Das rote Ohr

Es war früh am Morgen. In den Sonnenstrahlen, die durch das Fenster des Holzhauses hereinfielen, schwebte feiner Sägemehlstaub. Onkel legte die Säge zur Seite und streckte den schmerzenden Rücken.
„Hast du's gefunden?“ fragte er und blickte dabei in eine Ecke des Schuppens.
Die Ecke war dunkel, und man sah nichts. Doch dann hörte man etwas rutschen, gleiten und schließlich mit einem Plumps landen.
„So ein Mist!“ schimpfte jemand, aber man sah ihn nicht.
„Hast du's gefunden?“ fragte Onkel wieder. Da tauchte Otto wie ein Geist aus der dunklen Ecke auf. Er war von oben bis unten mit Spinnweben behangen.
„Bis jetzt noch nicht“, antwortete er. Otto suchte

nämlich ein Stück Holz, ein ganz bestimmtes Stück Holz. Er hatte es extra aufgehoben, um daraus eine Schale zu machen. Und er hatte das Holz an einem sicheren Platz versteckt, das wußte er. Doch wo? Er konnte sich beim besten Willen nicht mehr erinnern. „Es wird mir nichts anderes übrigbleiben, als jeden Winkel zu durchsuchen", seufzte er. Ganz oben, wo die Schrägbalken des Daches begannen, war noch ein Ablagebrett. Dort wurden für gewöhnlich Dinge verstaut, die zu nichts mehr nütze, aber zu schade zum Wegwerfen waren. Otto tastete sich an dem Regal entlang. Dabei stellte er sich auf die Zehenspitzen, um besser sehen zu können. Und dann entdeckte er etwas, was ihn erstarren ließ.

„Onkel, komm her", flüsterte

er ganz leise und wagte kaum, die Lippen zu bewegen.
„Was ist denn, Otto?“ fragte Onkel.
„Da, guck doch nur“, flüsterte Otto. Er stand immer noch auf den Zehenspitzen und klammerte sich ans Regalbrett. Er traute sich nicht, es loszulassen. Darum wies er Onkel mit der Nase die Richtung. Onkel stellte sich nun ebenfalls auf die Zehenspitzen, denn nur so konnte er über Ottos Schulter sehen, und nur so konnte er erkennen, wohin Otto mit der Nase deutete. „Was ist das?“ fragte Otto und gab sich Mühe, nicht zu wackeln. Onkel glaubte, zwei Augen und etwas Haariges zu sehen.
„Vielleicht ist's eine Maus mit Bart“, meinte er. Die kleinen Augen begannen zu blinzeln. Das unbekannte haarige Etwas streifte Ottos Gesicht. Er war so überrascht, daß er das

Regalbrett losließ und einen Schritt nach hinten machte. „Autsch!" schrie Onkel auf. Otto war ihm auf die Zehen getreten. Plumps! fielen beide übereinander auf den Boden.
„So was Dummes!" schimpfte Onkel.
„Es läuft davon!" schrie Otto. Eine kleine Gestalt war vom Regalbrett zu den langen Dachbalken gesprungen und dann verschwunden.
„Was immer es ist, ich werde es kriegen!" schwor Otto und war die Leiter schon halb hinauf geklettert.
„Sei nur ja vorsichtig", meinte Onkel, „vielleicht beißt es."
Wie der Blitz war Otto wieder von der Leiter herunter.
„Paß auf, daß es nicht davonläuft", bat er, „ich bin sofort zurück." Dann sauste er die Stufen hinauf ins Dachgeschoß. Als er zurückkam, ähnelte er einem Krieger in voller Rüstung.
Er trug einen ganz dicken Wollpullover, der ihm bis zu den Knien reichte, eine dicke Wollmütze, die seine Ohren bedeckte, einen dicken Wollschal, der sein Gesicht schützte, dicke Wollstrümpfe bis fast zu den Knien und ein Paar dicke Wollhandschuhe.
„Jetzt wird es mich bestimmt nicht beißen", sagte er.

„Und wenn es das versuchen würde, könnte es nicht“, versicherte Onkel.
Otto kroch in den schmalen Spalt zwischen den Regalbrettern und dem Dach. Staub fiel herunter. Ängstlich wartete Onkel, was nun geschehen würde. Plötzlich ein lauter Schrei: „Hilfe! Rette mich!“
Es war eine Stimme, die Onkel nie zuvor gehört hatte. Schon schoß etwas Kleines mit einem langen Schwanz wie eine Rakete von den Holzbalken herunter und landete auf Onkels Schulter.
„Was hast du mit Otto gemacht?“ fragte Onkel. Er versuchte dabei, das Tier abzuschütteln. Doch es ging nicht. Das Kleine hielt sich an seinem Ohr fest, als wollte es nie, niemals mehr loslassen.
„Ich? Ich habe nichts getan! Da oben ist ein Ungeheuer!“ Ottos Gesicht tauchte oberhalb der Leiter auf. Das Tier schrie erschrocken. Es verbarg das Gesicht in seinem dicken Schwanz und klammerte sich noch fester an Onkels Ohr.
„Aua!“ schrie Onkel. Er spürte regelrecht, wie sein Ohr rot wurde.
„Es ist weg!“ rief Otto.
„Nein!“ antwortete Onkel. „Ich hab’s erwischt. Oder besser gesagt, es hat mich erwischt!“ Onkel versuchte, die kleinen Pfoten von seinem Ohr zu lösen. Er schaffte es nicht.

„Sei so lieb und halt mein Ohr nicht mehr ganz so fest“, bat Onkel. Otto begann, sich aus seinem wollenen Panzer herauszuschälen.

„Es überrascht mich überhaupt nicht, daß es dich für ein Ungeheuer gehalten hat, so wie du verkleidet bist“, sagte Onkel. „Ich wäre wahrscheinlich auch erschrocken, wenn ich dir im Dunkeln begegnet wäre.“

„Was ist es?“ fragte Otto. Er ging dicht an das Tier heran und betrachtete es, wagte aber nicht, es anzufassen.

Der flauschige Schwanz hörte auf zu zittern. Und dann sah Otto zwei kleine Augen, die vorsichtig daran vorbei spähten. Der Schwanz bewegte sich. Otto sah Barthaare und ein Gesichtchen mit schwarzen Bäckchen. Was für ein Tier

es auch sein mochte, es war jedenfalls noch ganz jung. „Wer bist du?“ fragte Otto. Ihre Nasen berührten sich beinahe. „Und was machst du in unserem Holzhaus?“ – „Ich heiße Willi Waschbär“, antwortete das Tier. „Und ich bin hier hereingekommen, um mir einen warmen Schlafplatz zu suchen. Draußen ist es so schrecklich kalt.“

„Meinst du nicht, du bist noch ein bißchen zu jung, um so allein herumzustromern?“ fragte Onkel.

„Meine Eltern sind seit einem Sturm verschwunden. Ich bin jetzt ganz allein, bin ein Waisenkind“, sagte der Waschbär.

„Hast du keine Geschwister?“ wollte Otto wissen.

„Nein“, erwiderte der Waschbär und ließ Onkels Ohr los. „Auch keine Onkel oder Tanten?“ fragte Onkel. „Nein“, sagte der Waschbär und kletterte auf den Fußboden hinunter.

Langsam trottete er davon. Sein Schwanz, den er traurig hinter sich herschleifen ließ, zog dabei eine Spur

im Sägemehl. „Seid mir bitte nicht mehr böse, weil ich euch gestört habe", murmelte er. „Ich gehe jetzt."
Onkel sah Otto an, und Otto sah Onkel an.
„Er ist noch so klein", sagte Otto.
„Ja, er ist noch sehr klein", stimmte Onkel zu.
„Ich bin tatsächlich sehr klein", flüsterte der Waschbär und schlich noch langsamer. „Ich bin sehr, sehr klein."
„Du bist viel zu klein, um allein herumzuziehen", sagte Onkel. „Du brauchst jemanden, der für dich sorgt. Du kannst bei uns bleiben." Onkel hob den Waschbären auf Ottos Schulter. „Au!" schrie Otto, denn nun klammerte sich der Waschbär an seinem Ohr fest. „Ich hätte nicht geglaubt, daß so ein kleines Kerlchen so viel Kraft in den Pfoten hat."
„Und daß es so glücklich lächeln kann", sagte Onkel. So kam es, daß Willi Waschbär mit Otto und Onkel im Holzhaus wohnte. Und das ist auch der Grund dafür, daß mindestens einer von beiden immer ein rotes Ohr hat.

Hutnadeln

Am nächsten Morgen war Willi schon in aller Frühe wach und wollte unbedingt etwas helfen.
„Was kann ich tun?“ fragte er und wuselte Onkel zwischen den Füßen herum. Onkel brauchte morgens immer ziemlich lange, bis er richtig munter war.
„Irgendwas“, sagte er gähnend. Er gab sich große Mühe, nicht auf Willi oder dessen Schwanz zu treten. „Tu irgendwas, aber lauf mir nicht länger zwischen den Füßen herum!“
Willi betrachtete das viele Sägemehl auf dem Fußboden. „Soll ich kehren?“
„Wenn du unbedingt willst“, meinte Onkel. „Da drüben in der Ecke steht ein Besen.“
„Ich brauche keinen Besen“, sagte Willi. „Ich habe doch einen Schwanz.“ Als Otto bald darauf ins Holzhaus kam, wollte er seinen Augen nicht trauen. Der ganze Raum war eine einzige Sägemehlwolke. Onkel lehnte an der Bank und hatte seinen Mantel an. Zumindest dachte Otto, es wäre ein Mantel. Doch dann mußte er niesen. Der Mantel erhob sich in die Luft, schwebte dort und schmiegte sich dann wieder dicht an Onkels Körper. Es war nämlich gar kein Mantel. Es war eine Schicht Sägemehl.

„Was ist passiert?“ fragte Otto fassungslos.
Onkel deutete auf einen winzigen Luftwirbel, der durch den Raum sauste.
„Das ist passiert“, sagte er. „Und ich bin wirklich nur für eine Minute eingeschlafen.“
Der Luftwirbel war Willi, der mit seinem Schwanz das Sägemehl zusammenkehrte.
Es dauerte den ganzen Vormittag, bis sich der feine Staub völlig gelegt hatte. Und es dauerte sogar noch länger, bis er aus Onkels Fell, den Barthaaren und Augenbrauen herausgebürstet war. Sie mußten es besonders gründlich tun, denn am Nachmittag waren sie bei Tante Mathilda zum Tee eingeladen.

Tante Mathilda war Onkels Schwester und lebte im selben Dorf.

„Wir haben einen Freund mitgebracht“, sagte Onkel, als Tante Mathilda die Tür öffnete.

Sie schaute an ihrer langen Nase entlang und musterte Willi von der Schwanzspitze bis zur Nasenspitze.

„Hat er gute Manieren?“ fragte sie.

„Selbstverständlich“, versicherte Onkel, obwohl er nicht wußte, was bei einem Waschbären gute Manieren hieß.

„Wenn er über gute Manieren verfügt, darf er eintreten“, sagte Tante Mathilda. Sie legte größten Wert auf gute Manieren.

Kurz nach ihrem Eintreffen klopfte es an der Tür. „Das sind sicher Minna und Minni“, rief Tante Mathilda.

Minna und Minni waren Tante Mathildas Freundinnen. Sie glichen sich wie ein Ei dem anderen. Und nie sah man sie zerzaust oder unordentlich, nein, sie waren immer wie aus dem Ei gepellt.
Sie ließen sich von Onkel Mantel und Handschuhe abnehmen, den Hut aber behielten sie auf. Jede trug ihn genau mitten auf dem Kopf. Sie hatten ihr Haar hochgesteckt und den Hut dann mit langen Nadeln in der Frisur befestigt.
Sie schienen ihre Kopfbedeckung nie abzunehmen, und schon oft hatte sich Onkel gefragt, ob sie wohl auch damit zu Bett gingen.
„Guten Tag“, grüßten sie nacheinander. Sie schauten auf Willi hinunter.
Willi schaute zu ihnen hinauf. Sie kamen ihm sehr groß vor. Und er erschien ihnen sehr klein. Sie beugten sich zu ihm hinab und tätschelten ihm den Kopf. Willi wurde ganz rot und versuchte, sich hinter seinem Schwanz zu verbergen.
„Oh, wie niedlich!“ rief Minna. „Er ist ja schüchtern.“
„Wie hübsch rot sein Gesicht ist!“ sagte Minni.

Sie konnten der Versuchung nicht widerstehen, ihn zu kitzeln. Doch das war ein Fehler. Denn erstens, konnte es Willi nicht leiden, wenn man ihn kitzelte. Er mußte zwar lachen, aber es gefiel ihm nicht. Und zweitens bewirkte Kitzeln, daß sein Schwanz anfing, um sich zu schlagen. Ob Willi es wollte oder nicht, es geschah einfach.
„Hihihi“, kicherte Minna, als Willis Schwanz zwischen ihre Perlenkette schlug und sie unter dem Kinn kitzelte.
„Hihihi“, kicherte Minni, als Willis Schwanz nun zur anderen Seite schlug und auch sie unter dem Kinn kitzelte.
Willi erschrak fürchterlich. Er flehte seinen Schwanz an aufzuhören. Doch der tat, was er wollte.
Je mehr er um sich schlug, desto mehr verhedderte er sich mit den Perlenketten. Je mehr die Perlenketten sich verhedderten, desto näher kamen sich Minnas und Minnis Köpfe. Schließlich krachten sie gegeneinander. Die Hutnadeln stießen klirrend zusammen und verhakten sich wie zwei Hirschgeweihe ineinander.
Die Lage war ganz schön verzwickt: Nase berührte Nase ... die Körper gekrümmt wie Bücherstützen, die in die falsche Richtung zeigten ... die Hutnadeln wie Geweihe ineinander verhakt ... und unter ihrem Kinn hingen Willi und die Perlenketten in einem dicken Knoten.
Sie kicherten, schnappten nach Luft, machten „Ooh, ooh!“ und bemühten sich trotz allem um gutes Benehmen. Willi aber wußte beim besten Willen nicht, was er tun sollte.
„Aufhören! Sofort aufhören!“ schrie Tante Mathilda.
Keiner der drei wußte, mit wem sie sprach. Jeder konnte

gemeint sein. Sie packte Minna und Minni und versuchte, sie auseinanderzuziehen.
„Hör auf, Mathilda!" schrie Minna. „Unsere Halsketten gehen kaputt."
„Hör auf, Mathilda!" schrie Minni. „Du ziehst uns ja die Haare aus."
„Hör auf, Tante Mathilda!" jammerte Willi. „Du tust mir weh!"
„Tu was, Walter!" brüllte Tante Mathilda und stampfte mit dem Fuß auf.
Onkel hätte am liebsten laut los gelacht, doch er traute sich nicht. Otto verbarg sein Gesicht schnell im Vorhang. Niemand sollte sehen, daß er über das ganze Gesicht grinste.

„Haltet ganz still, bewegt euch nicht!“ befahl Onkel.
„Das ist aber gar nicht so einfach, wenn man so krumm dasteht“, sagten Minna und Minni.
„Es ist auch nicht einfach, wenn der Schwanz verknotet ist“, meinte Willi.
„Tut, was er sagt“, schnauzte sie Tante Mathilda an.
Vorsichtig, ganz vorsichtig entwirrte Onkel Willis Schwanz und die Perlenketten. Sobald der kleine Waschbär befreit war, sprang er in Ottos ausgestreckte Arme und versteckte sich mit ihm hinter dem Vorhang. Minna und Minni waren noch immer durch die Hutnadeln aneinander gefesselt, doch die Perlenketten baumelten ihnen nun lang unter dem Kinn.
Vorsichtig, ganz vorsichtig zog Onkel eine Hutnadel nach der anderen heraus und reichte sie Tante Mathilda.
Schließlich richteten sich Minna und Minni vorsichtig, ganz vorsichtig auf.

„Was starrst du so?“ fragten sie, denn um Tante Mathildas Mund begann es zu zucken. Tante Mathilda führte sie zum Spiegel. „Du liebes Lieschen!“ riefen Minna und Minni wie aus einem Mund. Sie wurden knallrot im Gesicht. So rote Gesichter hatte Willi noch nie gesehen! Die Hüte saßen ihnen wie gestrandete Schiffe auf dem Kopf, und das sonst so ordentliche Haar hing ihnen in Strähnen ums Gesicht. Niemand wagte zu lachen, denn das hätte Minna und Minni zutiefst verletzt. Die beiden hatten wirklich schon genug mitgemacht.
Tante Mathilda sagte, daß sie von Willis guten Manieren nicht sehr überzeugt sei. Er müsse noch einiges tun, um sie zu verbessern. Doch Minna und Minni nahmen ihn in Schutz. Sie wußten, daß Schwänze oft eigenmächtig handeln, und gaben zu, daß sie den Fehler gemacht hatten, Willi zu kitzeln.

Der Zollstock

Eines Morgens wurde Otto zu Doktor Weiß gerufen und nahm Willi mit. Als sie dort ankamen, führte sie die Schwester des Arztes in sein Arbeitszimmer.
„Er ist da unten auf dem Fußboden“, flüsterte sie und schloß dann die Tür hinter ihnen.
Doktor Weiß lag auf den Knien. Er brummelte, seufzte, schimpfte vor sich hin. Er versuchte, etwas unter dem Sofa hervorzuholen. Kniend drehte er sich um, sah Ottos Beine und blickte Willi ins Gesicht.
„Kannst du mir meinen Bleistift da unten hervorholen?“ bat er.
„Also ... wenn ich den ganzen Weg hierher gemacht habe, nur um einen verlorenen Bleistift aufzuheben, dann bin ich aber stinksauer“, dachte Otto.
Willi wischte mit seinem Schwanz einmal unter dem Sofa her. Schon rollte der Bleistift hervor und drei weitere noch dazu. Doktor Weiß klemmte sich alle vier hinters Ohr und stellte sich wieder auf die Füße.
„Was kann ich für Sie tun?“ fragte er und wischte sich ein paar Staubflusen von den Knien.

„Sagen Sie uns lieber, was wir für Sie tun können“, entgegnete Otto. „Denn schließlich haben Sie uns ja gerufen.“
„Richtig“, sagte Doktor Weiß. „Ich habe da ein Problem.“ Er deutete dabei auf seinen Schreibtisch, auf dem Papiere und Bürozubehör wild durcheinander lagen. „Jedesmal wenn ich meinen Stift zur Seite lege, rollt er davon und fällt zu Boden“, erklärte der Doktor. „Ihr seht ja selbst, wieviel ich zu tun habe. Wenn ich nun dauernd meinen Stiften hinterherjagen muß, komme ich mit meiner Arbeit nicht voran. Manchmal finde ich die Stifte überhaupt nicht wieder. Seit Montag habe ich schon fünf Stück verloren. Bald werde ich keinen einzigen mehr haben. Könnt ihr mir wohl helfen? – Hier, seht nur selbst, was mit dem Tisch los ist!“ Der Doktor ließ seinen Ellenbogen auf eine Kante des Schreibtischs fallen. Der Tisch wackelte, daß die Tintenfässer auf der Unterlage klapperten und Papiere zu rutschen begannen.

Otto ging zweimal um den Tisch herum und lehnte sich dabei auf jede einzelne Kante. „Ein Bein ist kürzer als die andern drei, deshalb wackelt der Tisch“, stellte er fest. „Ich werde die Tischbeine gleich lang machen.“
„Und ich halte das kurze Bein für dich fest“, sagte Willi schnell.
Otto sah zwar nicht ein, wozu das gut sein sollte, aber er wußte, daß Willi helfen wollte, und darum sagte er: „Na, dann halte es aber gut fest!“
Der kleine Waschbär klammerte sich an das Tischbein und wickelte auch noch seinen Schwanz darum. Er sah aus wie eine Kletterpflanze, die sich an einem Stab hinaufwindet.
Doktor Weiß verfrachtete seine Papiere in den Lehnsessel und stellte die Tintenfässer aufs Kaminsims. Gleich darauf drehte Otto den Schreibtisch um, um sägen zu können. Noch bevor Willi wußte, wie ihm geschah, stand er auf dem Kopf ... und rutschte am Tischbein hinunter. Er rutschte, bis sein Kopf schließlich auf der Tischplatte aufschlug.

„Bist du in Ordnung?“ fragte Doktor Weiß.
„Ich glaube schon“, meinte Willi. Alles sieht ja so anders aus, wenn es auf dem Kopf steht!
Otto sagte zu ihm: „Du kannst jetzt das Tischbein loslassen und mir den Zollstock holen.“ Doch der Zollstock war nicht in der Werkzeugtasche. Sie hatten ihn im Holzhaus liegenlassen.
„Irgendwo müßte ich auch einen haben“, meinte Doktor Weiß. „Wenn ich ihn finde, leihe ich ihn euch gern.“ Aber er fand ihn nicht.
„Ich laufe schnell zum Holzhaus und hole Ottos Zollstock“, sagte Willi.
„Irgendwo muß er doch sein“, murmelte Doktor Weiß, „das weiß ich ganz sicher.“ Er kniete schon wieder auf dem Boden und guckte unters Sofa. Willi wollte schnell hinter ihm vorbeiwitschen, doch da bewegte sich der Doktor auf

einmal rückwärts. Er konnte nicht sehen, worauf er sich zubewegte, und er dachte nicht daran, sich umzusehen.
Willi hingegen konnte sehen, worauf sich Doktor Weiß zubewegte, aber er konnte nicht schnell genug an ihm vorbei. Wenn Otto den kleinen Kerl nicht im Genick gepackt und in die Luft gehoben hätte, wäre er sicher zerquetscht worden. So aber hielt er ihn hoch, und Füße und Schwanz des kleinen Waschbären baumelten in der Luft. Alle drei lachten, weil die Sache gut ausgegangen war. Plötzlich sagte Otto: „Bleib mal genauso, Willi, und halt vor allem den Schwanz ganz still!"
„Warum?" wollte Willi wissen. „Ist irgendwas damit nicht in Ordnung?"
„Frag jetzt nichts", bat Otto. „Tu einfach, was ich dir sage."
Willi gehorchte und wartete ab, was geschehen würde.

Otto kniete sich neben den umgestülpten Tisch. Er hielt Willi so, daß dessen Schwanz genau neben dem Tischbein herunterhing. Erst hob er den kleinen Waschbären ein Stück hoch, dann hielt er ihn wieder niedriger.
„Ich frage mich, was das soll", sagte Willi zu sich selbst.
„Genau, wie ich's mir gedacht habe."
Otto war zufrieden. „Wir können die Ringe an deinem Schwanz als Zollstock benutzen."
Das kurze Tischbein war zweimal so lang wie Willis Schwanz und maß zusätzlich zwei Ringe. Die anderen Beine waren auch doppelt so lang, maßen aber drei Ringe zusätzlich. „Also", so meinte Otto, „muß jedes lange Bein um einen Schwanzring gekürzt werden."
Otto maß aus, Doktor Weiß zeichnete das Maß mit einem Stift an.
Als Otto anfing zu sägen, zogen Willi und Doktor Weiß los. Sie wollten schauen, was es noch zu messen gäbe.
Das Sägen war beendet. Alle drei schlugen nun mit dem Ellbogen auf den Tisch, um zu sehen, ob er noch wackelte.
Da kam Onkel völlig außer Atem zur Tür herein und brachte den Zollstock.
„Den habt ihr liegenlassen", schnaufte er.

„Es ging auch ohne sehr gut“, sagte Otto und lachte.
„Wir haben nämlich eine neue Meßmethode gefunden.“
„Aha“, machte Onkel, „und welche?“
Da erklärten sie ihm ihre neue Art zu messen nicht nur, nein, sie führten sie ihm sogar vor.
„Ehrlich gesagt, hätte ich nie gedacht, daß ein Schwanz so nützlich sein kann“, sagte Onkel schließlich. Dann zwinkerte er Otto zu. „Hm, aber wie bringen wir den neuen Zollstock bloß in der Werkzeugtasche unter?“
„Willi muß halt mit in die Tasche“, lachte Otto.
„O nein, muß er nicht!“ widersprach der kleine Waschbär lachend. „Willi wird den neuen Zollstock nämlich tragen!“